LA GUIRLANDE

O U

LES FLEURS ENCHANTÉES,

ACTE DE BALLET,

REPRÉSENTÉ
POUR LA PREMIERE FOIS

PAR L'ACADÉMIE ROYALE

DE MUSIQUE,

A LA SUITE

DES INDES GALANTES·

Le Mardy 21 Septembre 1751.

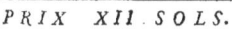

PRIX XII SOLS.

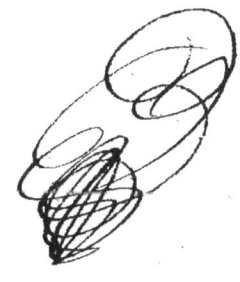

AUX DÉPENS DE L'ACADÉMIE.

A PARIS, Chez la V. DELORMEL & FILS, Imprimeur de ladite
Académie, rue du Foin, à l'Image Ste. Geneviéve.

On trouvera des Livres de Paroles à la Salle de l'Opéra,

M. DCC. LI.
AVEC APPROBATION ET PRIVILEGE DU ROY.

(3)

Les Paroles de M. MARMONTEL.

La Musique de M. RAMEAU.

ACTEURS CHANTANS.

Dans les Chœurs.

CÔTE' DU ROI.   CÔTE' DE LA REINE.

Mefdemoifelles. Meffieurs.   *Mefdemoifelles. Meffieurs.*

Dun.	Lefebvre.	Rollet.	Gratin.
Tulou.	Le Page, C.	Daliere.	Le Mefle.
Delorge.	S. Martin.	Maffon.	Bertrand.
	Dun, fils.		Dumats.
Larcher.	Gélin.	Chefdevile.	Hordé.
Cazeau.	Chaboud.	Gondré.	Levaffeur.
LeTourneur.	Fel.	Hery.	Chapotin.
	Rochette.	Duval.	Favier.
La Croix.	Le Roy.	Adélaïde.	Feret.
Sallaville.	Selle.		Cardinet.
	Roze.		Du Perrier.

ACTEURS CHANTANS.

MIRTIL, *Berger.*   Mr. Jeliote.
ZELIDE, *Bergere.*   Mlle. Fel.
HILAS, *Berger.*   Mr. Perfon.
BERGERS & BERGERES.
PASTRES & PASTOURELLES.

PERSONNAGES DANSANS.

BERGERS & BERGERES.

Mr. VESTRIS. Mlle. VESTRIS.
Mr. BEAT, Mlle. PUVIGNE'.
M^{rs.} Le Lievre, Hiacinte, Hamoche, Caiez.
Mlles. Dazenoncourt, Thierry, Brifeval, Gautier.

PASTRES ET PASTOURELLES.

Mr. LANY, Mlle. LANY.

Mrs. Laurent, Feuillade, Gobert.
Mlles. Victoire, Courcelles, Couppé.

LA GUIRLANDE

OU

LES FLEURS ENCHANTÉES.

SCENE PREMIERE.

LE THÉÂTRE REPRÉSENTE un lieu champêtre, où est un Autel de l'Amour. La statue du Dieu paroît dans le fond, sur un pié d'estal, d'où sort une fontaine.

MIRTIL seul, tenant à la main une guirlande dont les fleurs sont fanées.

PEUT-ON être à la fois
Si tendre & si volage ?

Zélide avoit fixé mon choix :
Non moins aimé qu'Amant, je partis de ces bois ;
Amarillis paroît, me sourit & m'engage :

Peut - on être à la fois
Si tendre & si volage ?

Je reviens, je reprends mon premier esclavage:
Mais j'ai perdu mes premiers droits.

Malheureux! Qu'ai-je fait ? Peut-on être à la fois
Si tendre & si volage ?

Il regarde sa Guirlande.

Vous allez donc déposer contre moi,
Fleurs, qu'un charme secret devoit rendre im-
mortelles
Dans les mains des amans fidéles!
Votre éclat s'est terni quand j'ai manqué de foi.

Ranimés-vous avec ma flâme.
Brillés aux yeux qui m'ont charmé.

J'aime encore plus que je n'aimai ;
Soyez l'image de mon ame.

Ranimés-vous avec ma flâme.
Brillés aux yeux qui m'ont charmé.

Il s'adresse à l'Amour.

Toi qui vis mon erreur , toi qui vois mon retour,
Préviens le désespoir où tu vas me reduire.

Ce charme eſt ton ouvrage, Amour ! Puiſſant
 Amour !
 C'eſt à toi ſeul de le détruire.

Il poſe ſa Guirlande ſur l'autel de l'Amour.

Je remets ma Guirlande au pié de ton Autel.

Une ſimphonie champêtre ſe fait entendre.

Mais j'entens nos Bergers que ta fête raſſemble.

Hélas ! Qu'ils ſont heureux * Zélide ! ô Ciel ! Je
 tremble.
Cachons lui mon trouble mortel.

Il ſort.

* Il voit venir Zélide.

SCENE II.

ZÉLIDE, HILAS, troupe de BERGERS.

CHŒUR de Bergers.

Hâtons nous, voici l'Aurore,
Cueillons les fruits de ſes pleurs.

Moiſſonnons les dons de Flore,
Couronnons de mille fleurs
Le Dieu qui les fait éclore.

Hâtons-nous, voici l'Aurore,
Cueillons les fruits de ses pleurs.

Aussi-tôt que les Bergers se sont assemblés en dansant sur ce Chœur, ils sortent en foule pour aller cueillir des fleurs, & cet appel n'est que le prélude de la fête.

SCENE III.

HILAS, ZÉLIDE.

HILAS à Zélide, qui ne suit point les autres Bergeres.

ZÉlide, nos plaisirs n'ont rien qui vous amuse!
Vous offensez le Dieu dont nous suivons la cour.

ZÉLIDE.

Des ennuis que cause l'Amour
L'Amour est lui-même l'excuse.

HILAS.

L'absence d'un Berger vous doit-elle allarmer?

ZÉLIDE.

Loin de lui, ce lieu même est pour moi solitaire.

HILAS.

H I L A S.

Eſt-il le ſeul qui ſache aimer ?

Z É L I D E.

Il eſt le ſeul qui m'ait ſçu plaire.

H I L A S *en ſe retirant.*

Une Beauté ſi ſevére,
Tient peu de cœurs ſous ſa loi.

Z É L I D E.

Les cœurs indifférens n'ont rien qui m'humilie.

S C E N E IV.

Z É L I D E *ſeule.*

Amour, que Mirtil penſe à moi,
Et que tout le reſte m'oublie.

Qui peut ſuſpendre ſon retour ?
Ceux dont il a reçu le jour,
Auroient-ils refuſé de couronner ſa flâme ?.…..

Seroit-il retenu par un nouvel amour ?

B

Cher Amant ! Vien calmer le trouble de mon ame.
    Qui peut fufpendre ton retour ?

Tout languit dans nos bois , quand l'hiver les
        ravage :
Mais lorfque le Zéphir commence à foupirer ;
Tout renaît , tout fleurit , tout femble refpirer.
Le Roffignol s'éveille , il reprend fon ramage.

      L'abfence eft l'hiver des amours :
Le retour d'un Amant eft celui des beaux jours.

Tout languit dans nos bois, quand l'hiver les ravage.
Mais lorfque le Zéphir commence à foupirer ;
Tout renaît , tout fleurit , tout femble refpirer.
Le Roffignol s'éveille , il reprend fon ramage.

De mon bonheur ; Amour, hâte l'inftant :
Rends moi Mirtil , & me le rends fidéle.

    Ces fleurs ; gage d'un feu conftant ,
Font briller dans mes mains leur fraîcheur naturelle;

    Mirtil , la Guirlande aura-t'elle
Ces parfums , ces couleurs, cet émail éclatant ?

      Elle apperçoit la Guirlande que Mirtil a
        pofée fur l'Autel de l'Amour.
Mais quel objet frape ma vûe !

Me trompai-je ? Aprochons. Que mon ame eſt
émue !

Elle s'aproche de l'Autel.

Hélas ! Il eſt trop vrai, je reconnois ces fleurs.
Nos chiffres enlaſſés.... ah ! Mirtil !... Je me meurs.

*Elle tombe accablée ſur l'Autel, puis
revenant à elle.*

Oublions un Amant perfide,
Méprifons qui peut nous trahir.

Le méprifer ! Helas ! Trop fenfible Zélide !
Tu ne peux même le haïr.

Au pié de cet Autel il a mis ſa Guirlande :
Pour ranimer ces fleurs il imploroit l'Amour.

Uſons pour l'éprouver d'un innocent détour.

*Elle met ſa Guirlande à la place
de celle de Mirtil.*

Il croira que l'Amour a rempli ſa demande.

Elle aperçoit Mirtil.

Il paroît. Cachons-nous ſous cet ombrage épais.

B ij

SCENE V.

MIRTIL seul dans l'abatement.

Dans ma cruelle incertitude,
Mon cœur ne peut trouver la paix,
Et chaque instant ajoute à mon inquiétude.

*Il aperçoit au pié de l'Autel, la Guirlande
dont l'éclat lui paroît ranimé.*

Que vois-je! O ciel! amour! O prodige! O faveur!

Il s'aproche de l'Autel.

Quels parfums! Quel éclat! Ces fleurs semblent
renaître.

Ah! Que mon cœur va reconnoître
Un bienfait qui m'éleve au comble du bonheur.

Il hésite à prendre la Guirlande.

Je n'ose sur ces fleurs porter ma main tremblante,
Je crains de les ternir encor.

Amour, sur ton Autel conserve ce trésor.
C'est à toi d'éblouir les yeux de mon Amante.

Ne crains pas que mon cœur, sous ses loix enchaîné,
Suive jamais une pente nouvelle.

Que je vais bien aimer ! Que je ferai fidéle !
Pour la derniére fois tu m'auras pardonné.

Zélide, ton Amant ceffe enfin de te craindre.
Vien confulter ces fleurs, vien lire dans mes yeux.
Ces fleurs vont te tromper ; mes yeux ne peuvent
    feindre.
Ils diront que je t'aime, & mon cœur le fent mieux
    Que mes yeux ne peuvent le peindre.

Il aperçoit Zélide.

Elle vient, c'eft l'Amour qui l'amene en ces lieux.

SCENE VI.
MIRTIL, ZÉLIDE.

MIRTIL.

JE vous revois belle Zélide !
Que mon cœur eût voulu hâter ce doux moment !
Que le tems, qu'avec vous je trouvois fi rapide,
    Loin de vous coule lentement !

    Je vous revois encor plus belle,
Et je reviens encor plus tendre....

ZÉLIDE ironiquement.

    Et plus fidéle ?

M I R T I L.

Quel foupçon vient vous allarmer ?
Vous offenfez mon cœur & l'Amour & vous-même.
Peut-on vous voir fans vous aimer ?
Peut-on changer quand on vous aime ?

Z É L I D E.

Souvent pour feduire un cœur
Il fuffit d'un doux fourire.
On rougit, l'Amour foupire,
Mais le defir eft vainqueur.

M I R T I L.

Telle eft l'inconftance légere,
Du Zéphir volage & fans foi :
Mais le Zéphir lui-même, aimé de ma Bergere,
Seroit auffi conftant que moi.

Z É L I D E.

Auffi conftant que vous ?

M I R T I L.

Vous connoiffez mon ame.

Z É L I D E.

L'abfence eft l'écueil de l'amour.

M I R T I L.

Dans nos tendres adieux rien n'égaloit ma flâme ;
Elle eft cent fois encor plus vive à mon retour.

Tout infpire à mon cœur une volupté pure :
Les concerts des oifeaux me femblent plus touchants:
Je croi voir mon bonheur exprimé dans leurs chants.

Cette onde en jailliffant fait un plus doux murmure.
L'ombre a plus de fraîcheur, l'herbe a plus de
      verdure.
Le parfum de ces fleurs m'invite à les cueillir.
Avec vous à mes yeux tout femble s'embellir,
Et le charme s'étend fur toute la nature.

        Z É L I D E.

    Mais de votre fidélité
    Je ne vois point encor le gage.

    M I R T I L montrant avec empreffement
    la Guirlande qui eft fur l'Autel.

Le voici. De ces fleurs l'éclatante beauté
    Vous laiffe-t'elle quelque ombrage ?

        Z É L I D E.

Je fuis contente.

        M I R T I L.

    Et vous ? Un pareil témoignage
  Importe à ma tranquilité.

      Zélide feint d'être embarraffée.
  Zélide, vous baiffez la vûe !

Parlez. Où font ces fleurs ? Vous me faites trembler.
Vous foupirez ! O ciel ! Quelle atteinte imprévûe !
Non , je ne puis vous croire, & c'eſt pour me
    troubler....

    Zélide n'eſt point infidéle.
    Son cœur n'aima jamais que moi.

Z É L I D E.

    Si vous êtes fur de ma foi ,
Pourquoi m'en demander une preuve nouvelle ?

M I R T I L.

Pourquoi la refufer ?

Z É L I D E.

       Ah ! Mirtil ! Je le voi,
Vous doutez de mon cœur.

M I R T I L.

      Vous m'y forcez cruelle.

Z É L I D E.

    Hé-bien s'il vous avoit trahi,
S'il s'en faifoit lui-même un fenfible reproche,
    Et fi confus à votre aproche,
Il demandoit encor de n'être point haï.....

M I R T I L.

Vous ? me trahir ! O ciel ! Moi, l'Amant le plus tendre !

Z É L I D E.

ZÉLIDE.

Il le faut avouer : un caprice léger,
    Avec plaisir m'a fait entendre
    Les soupirs d'un autre Berger.

MIRTIL.

Quoi, Zélide, ton cœur n'a pas sçu s'en deffendre !

ZÉLIDE.

Je vous l'ai dit : l'absence expose à ce danger.
A vos ressentimens Zélide s'abandonne :
    Mirtil, vous pouvez vous vanger.

MIRTIL.

    Non. Si ton crime est passager,
    Aimons-nous : Mirtil te pardonne.

ZÉLIDE.

    C'est toi que tu viens de juger.

MIRTIL.

Qui ? Moi !

ZÉLIDE.

    Voici tes fleurs ...* quelles couleurs nouvelles !

MIRTIL.

    C'est l'Amour qui les rajeunit.

---

* Elle va prendre la Guirlande de Mirtil, quelle a cachée parmi les arbres de l'un des côtés du Théâtre, elle la trouve refleurie.

C

ENSEMBLE.

Dieu puiſſant, dans nos mains rends ces fleurs
immortelles.
Rends ſans ceſſe nouveau comme elles
Le nœud charmant qui nous unit.

On entend de loin le retour des Bergers.

MIRTIL.

Nos Bergers en ces lieux vont celébrer ſa fête.

ZÉLIDE.

Pour hommage offrons lui nos cœurs.

ENSEMBLE.

Triomphe, Amour, lance tes feux vainqueurs.
Couronne par mes mains ta plus belle conquête.

SCENE VII.

MIRTIL, ZÉLIDE, troupe de BERGERS.

*CHŒUR ſur lequel les Bergers
entrent en danſant.*

Aimons, qu'en nos bois tout ſoupire,
Que tout inſpire
Les déſirs.

Que tout respire
Les plaisirs.

Z É L I D E.

Tendre Amour c'est pour ton empire,
Que les Dieux ont fait nos loisirs.

L E C H Œ U R.

Aimons, qu'en nos bois tout soupire.
Que tout inspire
Les désirs,
Que tout respire
Les plaisirs.

Les Bergers en dansant ornent de Guirlandes
l'autel de l'Amour.

G R A N D - C H Œ U R.

Sons brillants, céleste harmonie,
Éclatez, remplissez nos bois.
C'est l'Amour qui dicta vos loix
Et sa flâme est votre génie.

Sons brillants, céleste harmonie,
Éclatez, remplissez nos bois.

M I R T I L.

Accens mélodieux, vous que l'Amour inspire,
Etendez son empire :

C ij

Rivaux de la beauté, fur nos fens tour à tour
Vous vous difputez la victoire,
Tour à tour vous avez la gloire
De faire triompher l'Amour.

LE CHŒUR avec MIRTIL.

Sons brillans, célefte harmonie,
Eclatés, remplifſés nos bois.

> *Deux Coriphées de la danſe, donent
> par des attitudes gracieuſes, des
> leçons au corps du Ballet qui les
> repête en imitation.*

ZÉLIDE.

Aux pleurs que repand l'Aurore,
Nos champs doivent leurs attraits :
Amour tu fais plus encore ;
Le bonheur vole avec tes traits.

LE CHŒUR.

Amour, tu fais plus encore ;
Le bonheur vole avec tes traits.

ZÉLIDE.

La douce halaine de Flore,
Rend l'air plus pur & plus frais.

LE CHŒUR.

Amour , tu fais plus encore ;
Le bonheur vole avec tes traits.

Sur cette derniere reprise du Chœur , les
Bergers recommencent leur danse , elle est
interrompuë par une entrée de Pastres , aux-
quels les Bergers se mêlent d'abord. Les Pas-
tres , deux Coriphées à leur tête , se détachent
ensuite , & vont couvrir l'Autel de l'Amour
de gros bouquets qu'ils tiennent dans leurs
mains. Une jeune Bergere entre seule &
porte en dansant une fleur sur l'Autel.

ZÉLIDE.

Quand du Dieu des bois,
L'Amour anime la musette ,
Philoméle est muette ,
Écho n'ose élever la voix.

Pour entendre
Un son si tendre ,
Les ruisseaux murmurent tout bas.
Au Silvain qui court sur ses pas ;
La Nimphe se laisse surprendre.

Quand du Dieu des bois,
L'Amour anime la mufette ;
Philoméle eft muette,
Écho n'ofe élever la voix.

Les Coriphées des Bergers & ceux des
Paftres danfent enfemble ; la jeune Bergere
s'y joint ; leur danfe eft coupée par l'entrée
d'un jeune Berger, qui apporte un bouquet
pour offrande. Il aperçoit la Bergere. Il
hefite entr'elle & l'Autel, pour adreffer fon
hommage ; il porte enfin fur l'Autel fon bou-
quet, dont il referve une fleur, qu'il prefente
à la Bergere, & leur union forme un pas
de fix avec les quatre Coriphées.

Z É L I D E.

Vole, Amour, affure ta gloire,
Enchaîne nos cœurs pour jamais.

Un volage que tu foumets,
Eft ta plus brillante victoire.

M I R T I L.

Vole Amour, affure ta gloire,
Enchaîne nos cœurs pour jamais.

Pour la premiére fois, on s'engage fans peine,
  Et fans peine on devient léger :
  Mais un cœur qui reprend fa chaîne,
  Revient pour ne jamais changer.

ENSEMBLE avec les CHŒURS.

  Vole Amour, affure ta gloire,
  Enchaîne nos cœurs pour jamais.

Un Ballet général termine le divertiffement.

F I N.

A P P R O B A T I O N.

J'Ai lû par ordre de Monfeigneur le Chancelier, *La Guirlande, ou les Fleurs Enchantées, Acte de Ballet :* Et je n'y ai rien trouvé qui doive en empêcher l'impreffion. A Verfailles, ce fept Septembre 1751.
                                        DEMONCRIF.

Le Privilége eft à la Fin des autres Opéra.

www.ingramcontent.com/pod-product-compliance
Lightning Source LLC
Chambersburg PA
CBHW061740180626
46818CB00006B/2684